A nuestras amadas familias,
sin ellas nuestras arepas no podrían estar tan llenas de hermosos recuerdos.

A nuestra querida Venezuela,
que recorre el mundo en forma de arepas, que rellenamos de alegría,
amor del bueno, trabajo honrado, libertad y la esperanza de volver a nuestra tierra.

Soy la arepa

Ximena Montilla
Ilustraciones **Laura Stagno**

Clases listas

Soy la arepa, soy coqueta,
me gusta la variedad,
asada, frita u horneada,
gordita, dulce o salada.

Soy fresquita y redondita,
y me puedes rellenar,
o comerme así solita,
pues aquí, yo soy el pan.

Sea delgada o pequeñita,
grandota, abierta, cerrada,
cortada como un barquito
a punto de navegar.

Mi secreto está escondido
dentro de mi corazón,
porque allí, junto a la masa,
¡el relleno da el sabor!

Soy la hija del maíz,
un venerado alimento,
del cual procede mi nombre,
¡así como te lo cuento!

Ese grano americano
amarillo como el sol
–ingrediente predilecto
para mi elaboración–,
llegó al viejo continente
porque lo llevó Colón.

Pero esa ya es otra historia,
te invito a seguir la mía,
que está muy interesante
¡y no termina todavía!

Fui inventada hace mil años,
cuando no existían fronteras,
entre dos pueblos hermanos,
que me hicieron tradición:
de un lado los colombianos,
y el otro, venezolanos.

El colombiano me sirve
como gran acompañante,
de sus variados platillos,
que son ricos y abundantes.

Mientras que el venezolano,
me sirve de guarnición,
o de plato principal,
según tenga la ocasión.

Soy reina en su desayuno
en el almuerzo y la cena,
siempre la estrella del *show*,
si me encuentro bien rellena.

Soy símbolo y patrimonio,
parte de su identidad,
vengo a contar esa historia,
y es la que vas a escuchar.

Marc de Civrieux investigó,
que en un tiempo muy remoto,
los que inventaron mi nombre
fueron los cumanagotos.

No fue pan, ni fue pastel,
No fue torta, ni empanada,
era la palabra *erepa*
la que todo el mundo usaba.

Erepa era el maíz,
erepa era la comida,
erepa era yo redonda,
como el sol que da la vida.

Y esa palabra caribe,
por las cuestiones del habla,
cambió la "e" por la "a"
¡como por arte de magia!

A lo largo de los años
ha sido una tradición,
el desgranar las mazorcas,
para mi preparación.

No sé bien, cómo, ni cuándo
fue que apareció el pilón,
pero de algo estoy segura,
había que echarle pichón,
a pilar bien el maíz
para mi elaboración.

Las mujeres pilanderas
a cargo de esa labor,
se levantaban temprano
y pilaban con tesón,
el maíz para mi masa,
con cantos de inspiración.

Inventaban con ingenio
y con mucho corazón,
esos cantos de ío ío,
¡esos cantos de pilón!

A inicios del siglo veinte
Venezuela florecía,
y llegó bastante gente
a esta tierra prometida.

El trabajo era abundante
y yo era la comida,
que mantenía al obrero
trabajando noche y día.

Las mujeres se cansaban,
pues no podían preparar,
suficiente masa fresca
para el pueblo alimentar.

Quisieron hacer mi harina
con máquinas industriales,
molinos, grandes pilones,
que estaban dale que dale.

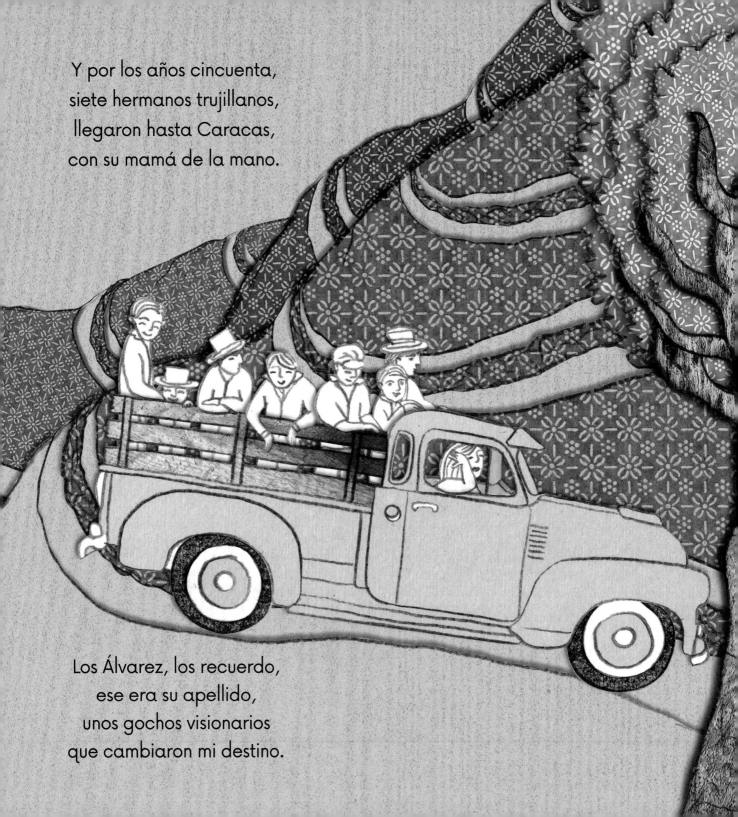

Y por los años cincuenta,
siete hermanos trujillanos,
llegaron hasta Caracas,
con su mamá de la mano.

Los Álvarez, los recuerdo,
ese era su apellido,
unos gochos visionarios
que cambiaron mi destino.

Abrieron un buen negocio
y dispuestos a triunfar,
me vendieron con rellenos
que decidieron nombrar.

Me metieron aguacate,
pollo horneado y algo más,
y en honor a una Miss Mundo
dijeron: ¡reina pepia'!

Me bautizaron tostada,
me vendieron rellenita,
y luego más areperas
siguieron la guachafita.

Aún así, era un gran trabajo,
el poderme preparar
y Caballero Mejías
tuvo una idea genial:
¡harina deshidratada
es lo que voy a inventar!

Él y otros cuantos señores
inventaron sus harinas,
pero ninguna logró
el éxito en la cocina.

Con nueva tecnología
llegó Empresas Polar,
y fabricó otra harina
más fácil de elaborar.

Así nació la receta
del producto nacional,
al que en toda Venezuela,
llamamos Harina P.A.N.

Se acabó la piladera,
con la harina precocida,
se comenzó a hacer mi masa,
sin malgastar todo el día,
y obtener, sin gran esfuerzo,
el pan nuestro, cada día.

Es muy fácil la receta,
para mi preparación,
no te olvides de ponerme
mucho, mucho, corazón.

El agua, la sal, la harina,
todo tienes que mezclar,
luego dame forma,
con tus dos manitas,
hasta que me veas
toda redondita.

Calienta el budare,
ponme a cocinar,
y al ver mis manchitas,
me debes voltear.

Dame un golpe de horno,
trae la cestica,
que allí yo me quedo
lista y calientica.

Ven y dame un mordisquito,
que no te arrepentirás,
me puedes comer blandita,
o crujiente y doradita.

Si tú vas a una arepera,
al llegar al mostrador,
piensa con detenimiento
cual será tu petición.

Mis rellenos son diversos,
sus nombres un vacilón.
No hay manera de aburrirse
con tan amplia selección.

Si quieres un desayuno,
mejor que el de un faraón,
pídeme de caraota,
dominó o pabellón.

También me hacen de Diablito,
luego me ponen *Cheez whiz*,
y hay unos que me rellenan
¡con huevos de codorniz!

Si es la hora del almuerzo,
que te sirvan por favor:
una pelúa ¡sin masa!
y una arepa 'e chicharrón.

Y al llegar la cena,
cómeme con queso.
Puede ser de mano
o también telita,
¿paisa, guayanés,
o quizás palmita?
No importa cual queso,
cómeme todita.

Aunque en toda Venezuela
me preparan de maíz,
se usan variadas recetas
a lo largo del país.

Al Norte, en Paraguaná,
yo soy la arepa pela'
y el hacerme es tradición,
del que vive allá en Falcón.

Se pone ceniza o cal
con el maíz en remojo,
y luego se frota bien,
hasta quitar las conchitas
para que quede mi masa
más sabrosa y limpiecita.

Esta receta ancestral
también se usa en otras zonas.
¡Que no quede en el olvido
que nunca pase de moda!

Redonda como la luna
que ilumina tu ciudad,
alimento al pueblo andino,
donde el trigo es mi papá.

Allí me comen con pisca,
mojito o también cuaja',
picante de suero 'e leche
que nunca puede faltar.

En una región lejana,
Caicara del Orinoco,
mi masa la hacen de un fruto
que se conoce muy poco.

Lo da la palma coroba
del Municipio Cedeño,
casi nadie lo conoce
y no me frunzas el ceño.

Más al Sur, en Amazonas,
donde nadie llegaría,
sino es por un buen baquiano,
que bien te sirva de guía,
los yanomami me hacen
con un fruto singular,
que se llama pijiguao
y tú lo debes probar.

Es un fruto muy bonito
y ellos lo van a buscar,
subiéndose hasta una palma,
mejor que un mono de allá.

Con ellos hacen mi masa,
y en un budare de arcilla,
me calientan vuelta y vuelta,
para comerme en familia.

Alimento a todo el mundo,
sin importar su color,
tamaño, raza, dinero,
sus gustos o profesión.

Como ves, querido amigo,
soy el plato principal,
sea en tiempos de bonanza
o de crisis nacional.

Para un venezolano,
sin duda, soy tradición,
que comparte con amigos,
sin importar la ocasión.

Esté en su tierra o en otras,
es vital necesidad,
hacer unas arepitas,
para sentirse en su hogar.

Soy la arepa, soy coqueta,
me gusta la variedad,
asada, frita u horneada,
gordita, dulce o salada.

Soy fresquita y redondita,
y me puedes rellenar,
o comerme así solita,
pues aquí, yo soy el pan.

Arepitas de colores

Receta de Lutecia Adam

Ingredientes:

AREPAS ANARANJADAS

1 zanahoria grande pelada

1 1/2 tazas de agua

1 taza de harina de maíz

1/2 cucharadita de sal

AREPAS VERDES

1/4 de taza de cebollín

1 ramito de perejil

1 1/2 tazas de agua

1 taza de harina de maíz

1/2 cucharadita de sal

AREPAS ROJAS

1 pimentón rojo

1 1/2 tazas de agua

1 taza de harina de maíz

1/2 cucharadita de sal

AREPAS MORADAS

1 remolacha pequeña pelada

1 1/2 tazas de agua

1 taza de harina de maíz

1/2 cucharadita de sal

Puedes utilizar
otros vegetales como
espinacas, ajo porro o ají dulce.

Preparación:

1. Añade el agua, la sal y la mitad del vegetal que vas a utilizar, en la licuadora o el procesador de comida. Licúa los ingredientes a la máxima potencia, para que se mezclen bien. Vierte el contenido en un cuenco.

2. Ralla el vegetal restante y añádelo al recipiente. Para hacer las arepas verdes, licúa el cebollín y luego incorpora el perejil finamente picado a la mezcla.

3. Agrega la harina de maíz precocida, poco a poco, revolviéndola con la mano o una cuchara de madera, hasta que se forme una masa uniforme y suave.

4. Déjala reposar 3 minutos.

5. Para hacer cada arepa toma una cantidad de masa y haz una bola o pelota, luego usando las palmas de tus manos presiona hasta darle forma de disco.

6. Con una servilleta o papel, unta el budare, la plancha o sartén que vayas a utilizar, con un poco de aceite y, con la ayuda de un adulto, ponlo al fuego.

7. Cuando esté caliente pon tus arepas y déjalas asar a fuego medio alto hasta que se les forme la "costra" o les veas las manchitas marrones, luego debes voltearlas por el otro lado.

8. Mete las arepas al horno a 375 °F por 5 minutos.

9. Puedes rellenarlas de mantequilla, queso, jamón o algunos de los rellenos que viste en este libro.

10. Disfrútalas en familia o con buenos amigos.

¿Sabes qué...?

Los indígenas americanos
consideraban el maíz,
regalo y bendición de los dioses.

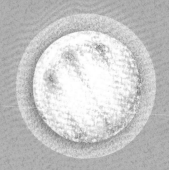

Los antiguos habitantes
de Colombia y Venezuela
preparaban arepas
hace más de 3.000 años
y su forma redonda se relaciona
con su adoración al sol y a la luna.

Los españoles que buscaban El Dorado,
en territorio venezolano,
llamaban a los indígenas
"comedores de arepas".

Simón Bolívar,
prócer de la Independencia americana,
prefería las arepas,
antes que el pan de trigo.

La palabra
arepa
fue incluida en el Diccionario
de la Real Academia Española, en 1884.

arepera
arepera

La palabra **arepera** es un palíndromo:
se lee igual de izquierda a derecha
y de derecha a izquierda.

En Venezuela la arepa sola se llama viuda
y hay otras con diferentes rellenos
que tienen nombres muy divertidos:
sifrina, catira, nerviosa, multisápida, patapata,
rumbera, llanera, gringa y mataperro.

En otros países se preparan arepas,
pero se les dan otros nombres:
gorditas en México,
pupusas en El Salvador
y changas o tortillas asadas en Panamá.

En muchos lugares de Venezuela,
se hacen unas arepas tan grandes,
que les dicen tumba budares.

Hoy en día la arepas se venden en todo el mundo, como comida rápida o *fast-food,* en carritos, puestos de mercado, servicios de *catering* o *delivery,* en *food trucks,* camiones muy coloridos, y también en restaurantes.

En la página web *locosporlasarepas.com,* hay un Maparepa que indica los locales que las venden en el mundo, desde Estados Unidos y España hasta Taiwán, Malasia y Australia.

El segundo sábado de septiembre se celebra el Día Mundial de la Arepa, con un arepazo, muchas personas se toman fotografías comiendo arepas y las suben a las redes sociales.

Los venezolanos, al hablar, se comen la letra "d" que va entre vocales, por eso dicen: pepia', en vez de pepiada, pela', en vez de pelada, pelúa, en vez de peluda o arepa 'e chicharrón, en vez de arepa de chicharrón.

Algunos refranes

Ganarse la **arepa**

(trabajar para ganar el dinero necesario para vivir)

Más venezolano que la **arepa**

(alguien o algo que expresa la forma de ser del venezolano)

La **arepa** se puso cuadrada

(cuando trabajar o ganar dinero se hace difícil)

Todo niño nace con su **arepa** debajo del brazo

(todo niño trae consigo su alimento)

La vida es una **arepa**, sabe a lo que uno le unte

(cada persona, puede darle sentido a su vida)

¿Qué quiere decir?

Aguacate: fruto comestible del árbol americano del mismo nombre, conocido en algunos países de Suramérica como palta.

Ancestral: lo que se hereda de los ancestros o antepasados.

Arepera: local de venta de arepas, populares en Venezuela, a partir de los años cincuenta.

Baquiano: alguien que conoce el camino y sirve de guía.

Budare: plato o plancha, de barro cocido o hierro, que se usa para cocinar.

Caribes: pueblos que ocupaban el norte de Colombia, noreste de Venezuela y algunas Antillas Menores, antes de la llegada de los españoles.

Cheez whiz: marca estadounidense de queso fundido para untar.

Coroba: fruto de la palma coroba que crece al Sur de Venezuela.

Cumanagotos: pueblo indígena de la rama Caribe, que vivía en el centro-oriente de Venezuela a la llegada de los españoles.

Desgranar: separar, sacar, los granos del maíz.

Deshidratar: eliminar el agua o líquido de una materia.

Diablito: de *Diablitos Underwood*, enlatado, pasta de jamón molido y condimentado, popular en Venezuela.

Dominó: arepa rellena de caraotas o frijoles negros y queso blanco rallado, ya que sus colores son blanco y negro como las piezas de dominó.

Echarle pichón: hacer algo que requiere mucho esfuerzo.

Empresas Polar: grupo de empresas venezolanas, dedicadas a la producción y comercialización de alimentos y bebidas.

Gochos: nombre que se le da en Venezuela a las personas oriundas de los estados andinos (Táchira, Mérida y Trujillo).

Guachafita: alboroto, desorden, bochinche, rochela.

Guarnición: alimentos que sirven de acompañante a carnes y pescados.

Harina P.A.N. (Productos Alimenticios Nacionales): marca de harina de maíz precocida, fabricada por Empresas Polar, por su popularidad, los venezolanos llaman así a todas las harinas de maíz para hacer arepas.

Identidad: rasgos propias de un individuo o sociedad, que los diferencia de otros.

Luis Caballero Mejías (1903-1959): ingeniero e investigador venezolano que inventó un procedimiento para producir harina de maíz deshidratada.

Marc de Civrieux (1919-2003): geólogo, explorador, investigador y estudioso de las culturas indígenas de Venezuela.

Masa: mezcla consistente de un líquido y una harina o materia pulverizada.

Pabellón: plato típico venezolano que incluye carne mechada, caraotas, arroz y tajadas de plátano frito.

Palíndromo: palabras o frases que se leen igual de izquierda a derecha y de derecha a izquierda.

Papelón: producto sólido y marrón, que se obtiene de la caña de azúcar y sirve para endulzar alimentos y bebidas.

Patrimonio: bienes culturales de un país.

Pelúa: arepa rellena de carne mechada y queso amarillo rallado, parecida a la cabellera de una mujer.

Pijiguao: fruto de color rojo o amarillo, de una planta que se da al Sur de Venezuela y en otros países de América.

Pilón: mortero y mazo de madera de un metro de alto, que se utilizaba para triturar diferentes tipos de grano.

Pisca: sopa típica de los Andes venezolanos, que lleva cilantro, cebollín, huevo, leche y papa.

Reina pepiada o pepia': arepa rellena de pollo, aguacate y mayonesa.

Tostada: arepas que llevan rellenos o las que se fríen en aceite.

Tradición: trasmisión de costumbres de una generación a otra.

Vacilón: broma, diversión.

Yanomamis: pueblo o etnia indígena americana que habita en el Amazonas de Venezuela y Brasil.

Ximena Montilla Arreaza

Docente de Educación Especial e Infantil y de Español como segunda lengua, su pasión es enseñar el idioma y producir materiales para su aprendizaje, por lo que creó su empresa: *Clases listas* y lleva el blog *Ximena con X*, donde comparte tips para maestros y familias y nos habla de la importancia de enseñar español en casa como "lengua afectiva". Venezolana de nacimiento, ha vivido en Alemania, España y actualmente en Atlanta con su esposo Erik, sus tres hijos y su perro Lucky. Algo que no puede faltar en su mesa familiar son las arepas, su preferida es la arepa de queso guayanés.

www.ximenaconx.com

Laura Stagno

Ilustradora venezolana, se especializó en Pintura y Artes Gráficas en el Instituto Armando Reverón de Caracas, vivió muchos años en Japón donde estudió Animación y ha ilustrado más de una docena de libros para niños. Actualmente vive en Barcelona, España, con su hija Iroma, con quien acostumbra hacer arepas para invitar a sus amigos, sus preferidas son las arepas de dominó y aguacate y las de queso de mano.

www.laurastagno.com

Agradecimiento especial
a Gisela Barrios, Ocarina Castillo
y Alimentos Polar Comercial C.A.

Textos: **Ximena Montilla**
Ilustraciones: **Laura Stagno**
Coordinación editorial: **María Elena Maggi**
Concepto gráfico: **Clementina Cortés**
Diagramación interna y de cubierta: **Aitor Muñoz E.**

https://claseslistas.com

ISBN: 978-0-578-82465-9

Tiraje: 500 ejemplares